KB217698

# 서향집

이관묵 시집

서정시학 시인선 221

서정시학

파도소리 베고 누워 밤늦도록 흔들려 보라
환하게 밝아오는 사람 있다

사랑이여
어쩌냐, 이리도 멀리 떠내려왔으니
                                        —「섬 등대」

서정시학 시인선 221

# 서향집

이관묵 시집

서정시학

## 시인의 말

꽃이 오고 가을이 다녀가는 세계에 집을 짓고
시를 쓴다
시와 함께 바라볼 서향이 생겼다

시야, 마룻바닥 안에 계시냐

2024. 8.
이관묵

# 차 례

시인의 말 | 5

## 1부

월하정인月下情人 | 13

먹 | 14

나의 발목은 | 15

언 강을 마주하고 | 16

가을을 밀고 가는 울음 | 17

전입신고 | 18

암벽 경전 | 19

밤 보초 | 20

물살 | 21

흰 발자국 | 22

싸락눈 | 23

동혈사東穴寺 | 24

둥구나무 울음 | 25

새파란 귀 | 26

흰 고무신 | 28

마음 개인 날 | 29

시월 | 30

# 2부

섬 등대 | 33

매미 껍질 | 34

가을 수묵 | 35

서향집 | 36

봄의 사투리 | 37

그늘 정원 | 38

산 번지에 와서 | 39

진눈깨비의 집 | 40

하얀 시 | 41

섬 동백 | 42

상강霜降 | 43

겨울 삼탄역 | 44

나의 근력운동 | 45

장작개비 | 46

역驛 | 47

헌 거적대기 | 48

# 3부

겨울 통영 | 51

막힌 길 | 52

별 | 54

다시, 물살 | 55

이슬의 묘비명 | 56

분홍의 속도 | 57

하얀 생화 | 58

푸른 바위 | 59

밤 문상問喪 | 60

팔을 위한 소나타 | 61

흰 구름 | 62

봄 마중 | 63

수련이 피는 법 | 64

꽃 안경 | 65

시의 기척 | 66

헌 빗자루 | 67

성냥개비 | 68

# 4부

무인도 | 71

산 꽃들 | 72

흰 붓 | 73

눈 마중 | 74

백비白碑 앞에서 | 75

겨울 정원에서 | 76

시서루詩棲樓 | 78

민들레 걸음 | 79

먼 불빛 | 80

밤의 출토 | 81

처서 근처 | 82

우리는 서로 | 83

하품과 시 | 84

허허벌판 | 85

팔 | 86

유리병 편지 | 88

해설 | 동파凍破의 시 | 장석원 | 89

1부

# 월하정인 月下情人

달빛이 너무 밝아
달빛이 너무 밝아

감출 데가 없구나

마음 한 송이

# 먹

얼굴은 없고
윤곽만 있을 뿐
큰맘 먹고 그 먼 데 찾아갔으나
안 열어주신다
붓을 개는 마음보다 먹 가는 마음에게
구름 한 첩 지어 올리다

# 나의 발목은

발목은
나의 발목은
오래 처박아 두고
당신한테 닿지도 못한 채
흔들리며 너덜너덜 되돌아오던
나의 발목은
나무 밑 비 맞고 섰는
길바닥과 밤바람과 물소리를 빌려 신은
겉이 많이 헤진
나의 발목은
그러나 오늘 밤은
오늘 밤은
멀리서 휘날리는
가야 할 곳이 있는
밀어 당신의 뒤꼍이 건너다뵈는
뒷문이 많은 나의 발목은

# 언 강을 마주하고

겨울밤 눈길 걷다
강이 얼어 터지는 소리 듣는다

쩍!
쫘아악!

세상에
세상에
강이 밤을 들이받다니

외롭다는 뜻이리라
그립다는 뜻이리라

이 땅에서는 재울 수 없는 영혼이다
누울 데 없는 영혼이다

# 가을을 밀고 가는 울음

해인사 홍류동 골짜기 몇몇 큰 바위들은 몸에 한 사람씩 이름들을 새겼다 아마 어느 왕조의 끝자락을 힘겹게 건너다가 스스로 바위에 빠져 죽은 자들이리라 시문이 능했거나 가락이 울컥했거나 아무튼 돌도 자신에게 출가한 어떤 한 사람의 마음만은 속 깊이 묻어 가꾸고 싶었던 거다 돌로 태어나 일생을 한 사람만을 외우며 산 저 독음獨吟!

바위도 식은 사람이 좋아서 그 사람 걷던 길을 잠시 불러들이긴 했으나 자신의 바닥에 눌러 앉힌 한 사람을 다시 바위로 가르치기까지 얼마나 더뎠겠는가 보아라 어떤 한 사람에게 다다르는 느리고 더딘 먼 길이 바위에서 두런두런 흘러나와 다시 바위로 되돌아가는 저 뒷짐을, 가을 밀고 가는 쇠기러기 울음을

# 전입신고

주민센터에 들렀습니다

삶, 모두 채우세요
빈칸 있으면 안 됩니다

서식의 형태로 풍경을 바꾸세요
이별의 냄새도 규격에 맞게 고치고요
칸이 좁아요
그 옆에 흘러나온 꿈은 꾸겨 넣어요

안 쓰던 노래
분쇄기에 넣으세요

사랑은 찢어버리세요

얼굴 새로 받아들고 나왔습니다

# 암벽 경전

오를 때 걸었던 길
암벽 돌아 내려오니 도무지 찾을 수가 없다
길 분실했다

암벽 맞서 보다가
밀어 보다가
죽었다

길이 투신하다니

절 마당에 들어서서
알았다

이 세상 어떤 길은 스스로를
분질러 버린다는 걸
묻어버린다는 걸

# 밤 보초

전기도 없던 내 어린 날
한밤중 오줌 누러 나왔다가
달이 휘영청 밝아
내 뼈 어디 감출 데가 있어야지
그냥 풍덩 빠져 죽고 싶었어
그때나 지금이나
밤하늘 한 바가지 벌컥벌컥 들이켰지
취해 벌렁 나자빠진 곳은 밤
뒤죽박죽 어질러진 헛간 같은 밤
그곳이 내 투신처였어
그 밤 시들지 않게
그 밤 꺼지지 않게
평생 곁에서 밤새하는 시
고생하는 시에게
도끼를 쥐어주고 싶어

# 물살

내 몸은 이미 헌 집
마음이 사신다
혼자 문 닫고 들어앉은
작고 비좁은 격절隔絶한 한 칸
오래 정 들여 키운 바깥이 뻘밭 같다
길 걸어 잠그고
나를 내 안에서 피우려 한다
얼음장 밑 물살처럼

# 흰 발자국

눈 쌓인 숲길을 걸었네
한 마리 새 발자국을 따라 걸었네
벌판 둘러메고 한없이 혼자 걸어간

흰 발자국

이별의 간격이었네
그 속도였네
한 곳에 이르러 한참을 머뭇거리다 사라진
되돌아 나간 흔적 없는

하얀 영혼

어디쯤일까
나를 오래 세워놓은 여기는

# 싸락눈

이끼 슬은 석불의 그림자 한 벌

저 추운 몸 그늘

부처가 벗어놓은 헐벗음

하얀 알몸

옳지, 바로 네놈이로구나

부처에 갇혀

스스로 야위어가는

# 동혈사東穴寺

구멍을 껴안고 뛰어내리려다
마음 고쳐먹고
다시 절이 된 구멍
동혈사는 구멍이 부처다
마음 앓는 돌에게
구멍은 극락이었지
마음 도려내자
구멍이 벙긋 웃는다
먼 곳 이끌고 온 나의 오후처럼
구멍 없이 견디기 어려웠을
몸, 환하다
돌을 열어 서쪽을 주었으니
돌아, 감았다 떠보라

# 둥구나무 울음

둥구나무가 한철은 빗소리로, 한철은 새소리로, 한철은 매미 소리로, 한철은 바람 소리로 울어요 저들로부터 울음을 수거해서 스스로 울어주었어요 그 뿐이 아니었어요 둥글게 울어야 나무가 되고 여름이 되고 이별이 된다는 걸 알자 내 울음도 데려갔어요 세상 울음 죄다 끌어다 몸을 만들었지요 대성통곡이 얼마나 너른 공터인지 얼마나 짙은 멀미인지 두 팔로 껴안아 봅니다 자, 둥구나무를 들어보세요 그래야 스무 살이, 서쪽이, 빈혈이 왜 하필 여기 놓였어야 했는지 이해가 될 거예요

나를 꼭 안았다 놓는군요

# 새파란 귀

잠 안 자는 잠
데리고 며칠 시골 내려와 있다

시끄러운 자동차 소음에도
기척 없던 놈이

똑!
똑!

오동잎 이슬 떨어지는 소리에는
화들짝 놀라 깨는구나

이슬 한 방울이 네 놈 머리통 후려치는구나
이제야 정신 좀 번쩍 드냐

먼 길 걸어
새파란 귀 얻었으니
새파란 귀 얻었으니

잠 안 자는 잠아
니 맘 제발 데려가거라

# 흰 고무신

세상 모든 길 다 걸어보고 싶었으나
나이 둘레만 서성이다 맘 밑창 다 닳았다

오늘도 혼자 어슬렁거리다
동네 슈퍼 앞
늦가을 비 맞은 감나무 만나 함께 걷다가
우수수 잎 지는 소리도 만나 같이 한잔하는데
오토바이 한 대가 길바닥 둘둘 말아 싣고 쏜살같이 사라진다

몸이 길이라고
여기부턴 나 혼자 간다고

마루 끝
누워 계신 흰 낮잠

# 마음 개인 날

하루가 둥글고 불룩하다
옹기 항아리 같다
내가 나로 고여 있는 하루를
온전히 들어놓았으니
구름도 어려워한다
먼 산도 기웃거리다 그냥 간다
하루를 요리조리 만져보고 두드려 보다 그냥 간다
진공眞空 혼자 계시다
세상 가을을 다 퍼담아도 충분하다
시간이 황톳빛이구나

# 시월

버즘나무 아래
나무가 내 어깨에 시든 잎 한 장 툭 떨군다

나무도 오죽 적적했으면
아무나 붙들고 말 걸었으랴

나무가 내미는 악수
혹은 헛손질

나무는 서 있는 것만으로도 시인 같다

2부

# 섬 등대

파도소리 베고 누워 밤늦도록 흔들려 보라
환하게 밝아오는 사람 있다

사랑이여
어쩌냐, 이리도 멀리 떠내려왔으니

# 매미 껍질

몸이 영혼을 버린 것이다

엄마가 자신의 몸에서
엄마를 다 꺼내 써버린 것이다

바닥까지 긁어서

# 가을 수묵

강을 가로질러 외나무다리가 놓이고 강과 다리는 서로 궁금했다 '도대체 다리는 왜 저리 출렁거릴까?' '강은 왜 저리 휘어졌을까?' 해거름이 지날 즈음 울며 뒹구는 아이를 잡아끌며 양복 입은 중절모가 건너가고 멀리 방죽 길 휘날리며 손 흔드는 희끄무레한 치마가 저녁 여울 소리에 보였다 안 보였다 한다 아이가 눈물범벅으로 막무가내 돌아보던 뒤는 누가 거두어 갔을까 다리가 글썽이자 강도 사무쳤던 거다 한참 후 강이 크게 몸을 뒤척였다 다리도 '우두둑' '우두둑' 뼈 부러뜨리는 소리를 냈다

가을이 반쯤 허물어진 까치집 같았다

# 서향집

외양간의 누런 소가
자신을 내일 읍내장에 내다 판다는 사립문의 몸 비트는 소
릴 듣고
밤새 잠 안 자고 뒤척이는

그런 집을 나는 살았다

새벽녘 오줌 누러 나왔다가 소 얼굴 쓰다듬어 주고,
한참이나 목을 꼬오옥 안아주던

그런 집을 나는 살았다

다음 날 이른 아침 중절모 쓴 소 장수 손에 끌려가던 소가
뒤돌아 허공에 큰 울음 띄우던

그런 집을 나는 살았다

그 뒤부터 매일
저녁해 만 한 소 울음이 떠 있는

그런 집을 나는 살았다

# 봄의 사투리

돌담 너머 앵두꽃이 피었습니다 늙은 돌들이 오래된 씨족처럼 서로 토닥토닥 얹혀 삽니다 울퉁불퉁 엇갈린 의견이 쌓여 골목이 만들어졌습니다 봄이 되자 뜻을 모아 앵두꽃을 모셨지요 앵두꽃은 골목이 깊어야 피는 걸 알고 있었다니 참 기특도 하지요 돌담 때문에 봄이 넓어지고 둘레가 튼튼해졌어요 그보다 멀리 내다볼 사람이 생겼습니다 돌들도 여럿이 모여 봄의 사투리를 배웁니다 뻑뻑 저녁도 피웁니다 어떤 발목으로도 다 들르지 못할 만큼 앵두꽃은 왜 이리 골목을 많이 거느리는지 저 뒤엉킨 속을 다 걸어서 울컥 맞닥뜨리는 끝, 오! 마음아, 여기들 모여 살고 있었구나 와락 부둥켜안았어요 순간 나는 또 다른 사투리가 되었습니다 돌들이 나를 구불구불 구부려 놓으니 나도 골목의 일가입니다

# 그늘 정원

혼자 사는 돌 하나를 어렵게 모셔다 그늘 두어 평 내어드렸더니
스스로 흙을 파내며 자신을 조금씩 조금씩 파묻는다

아무도 눈치채지 못하게 파묻는다

꽃들이 와자지껄 살던 그늘을
돌은 저런 자세로 사귄다

밀어도 꿈쩍 않는

그늘이 물 주어 키운
돌 한 그루

# 산 번지에 와서

뒤집어 훌훌 털었다
온종일 인기척 없는 하루를

헌 발목 신고 나간 길바닥은 어디를 그리 쏘댕기는지

술 한잔 걸치고 슬쩍 밀어 본 두문杜門
꿈쩍도 없다

타고 내릴 정류장을 없애자
가을이 왔다

저놈도 마땅히 갈 곳이 없다

# 진눈깨비의 집

어서 오렴

희고 긴 치마 끌리는 소리야
흙 마당 사각사각 익어가는 소리야
질척질척한 밤들아
그보다 더 낮고 더 공손하게
눈길 부축해 오는 발자국들아
퍼내도 퍼내도 고이는 얼굴들아
사람에 지친 공간들아

우리 더는 아무 사랑도 만들지 말자

# 하얀 시

밤늦게 책을 읽다 불을 끈다
깊은 협곡과 강을 건너 험준한 가시덤불 지나야 도착하는
절벽 수도원 같은

'나'

시 찾아와 며칠 묵겠다고 청한다

창밖엔 눈이 내렸고 띄엄띄엄 이별이 지나간다

밤이여
언제까지 문 밖에 시를 세워두고 살아야 하는가

# 섬 동백

섬도 어제처럼 살기 싫어
어제 차림의 동백에 몽실몽실 너를 얹는다

동백 가까이 두면

네가 말랑말랑해질꺼라고
너의 너머까지 내다 보일꺼라고

동백을 타이른다

섬의 겨울과 너의 겨울이 똑같아질 때까지
너와 눈 맞추고 싶어

동백을 고친다

새들이 나무를 바꿔 앉듯이

# 상강霜降

노오란 은행잎을 도덕책 갈피에 끼워둔 시절

덕분에 말랑말랑해진 도덕아
착해진 가을아

누런 종이를 어떻게 견뎠을까

도덕에 끼어 고생하는 가을아
가을을 감춘 도덕아

책의 밑바닥까지 살아라

# 겨울 삼탄역

죽은 척 살아 있던 내가 만져지는

반쯤 사라진 시절을
밤을

덜컹덜컹 기차가 통과한다

역은 기차 없이도 나를 알아보고
기차는 나 없이도 어둠이 만원이다

겨울에다
허공과 팔다리를 걸어두고 간 사람아

# 나의 근력운동

멀리서는 가까워 보여도
가까이 두면 멀어지는 마음 곁에
시가 산다
문 걸어 잠그고 온종일
편지 몇 통 찢었을 뿐인데
브루크너 듣느라고 하루를 몇 미터 더 늘렸을 뿐인데
그것도 운동이라고
시에게 팔뚝의 근력이 생긴다

# 장작개비

인부 서넛이
집 앞 크고 둥근 오동나무 한그루를 베에 내더니

그 몸에 살던
바람 소리를 토막 내고
들끓던 허공을 토막 내고
보채던 그늘을
매미 울음을
토막토막 잘라서 쌓아 놓고는

무엇을 세울지 궁리했다

그 자리
아무도 오지 않아 좋은 날
한 채 짓자고 말한 이는

장작개비뿐

# 역驛

   헛걸음질로 헛걸음질로 평생 걸어 닳아빠진 길바닥에서
가을을 꺼내고, 왕유王維를 읽다 잠들었던 달밤도 꺼내 깨끗
이 닦아 맞대보다가, 쨍하고 부딪쳐보다가, 오후를 착착 접
고 앉아서, 답 없는 질문 같은 것으로, 시 속의 말을 꺼내 만
지작거리다가, 또 수작 걸다가, 내려야 할 역을 지나치고 말
았다

# 헌 거적대기


새벽녘

밤늦도록 시 생각하던 머리맡으로
오동꽃 진다

툭!

오동이 밤늦도록 깎고 문질러 다듬었을
저 산조

툭!

둘레가 허옇게 헐어 있다

시야,
어서 나가 맞이하렴

3부

# 겨울 통영

파도야
파도야

나 떠밀고 다닌 고집들 모두 비틀어다오
나를 먼바다로 밀어다오

파도야
파도야

# 막힌 길

시비詩碑를 찾아갔습니다
온몸에 시를 새긴 돌까지 걸었습니다
여기까지만 마음이었습니다
시가 끝이었습니다
추운 말들만 가진 저녁을 불러내어
사는 일이 말을 뱉는 일이 아니라
삼키는 일이라고
돌은 말하지 않았습니다
시 쓰는 일이 고작 돌 안에 들어가 돌을 죽이는 일이라고
누구도 말하지 않았습니다
시가 돌을 짊어지고 올라온 막힌 길을
서로 묵묵히 지키고 섰을 뿐
눈발에게도 말하지 않았습니다
어스름에게도 말하지 않았습니다
누군가의 홀로이겠거니
끝이겠거니
말 걸지 않았습니다
응달은 나를 늘 시 밖에 세워두는 삶의 길바닥이지요
돌은 얼마나 드러눕고 싶었을까

시는 또 얼마나 걷고 싶었을까

묻지 않았습니다

돌이 시를 야단치고 시가 돌을 타일러 겨우 도착한 응달

지구도 왔다가 되돌아 나간 흔적이 있습니다

# 별

어떤 별은 하루 한 번씩 캄캄해지는 지구를 오래 들여다보고 있었던 거다 잠 안 자고 턱 괴고 앉아 뒤적거려 보고 있었던 거다 발소리만 듣고도 열리는 문을, 달밤만으로도 만나지는 사랑을, 학교에서 퇴학 맞은 구름을, 빗소리만 들어도 우는 집을, 남의 마음 함부로 꺼내 쓴 손을, 고독 만나러 나데리고 다닌 길바닥을 저도 살아보고 싶었던 거다 만져보고 싶었던 거다 지구가 저희를 위해 하루 한 번 캄캄해진다는 걸 알고 좀 더 말똥말똥 해지고 싶었던 거다 하루 한 번은 자신을 캄캄하게 만들어 보고 싶었던 거다

# 다시, 물살

강 옆에 살았다 "쩡! 좌~악" 한겨울이면 강도 꽝꽝 마음 내팽개치는 소리를 냈다 자주 그랬다 돌이켜 보니 그때 숙제가 풀리지 않거나 외양간 지붕이 비스듬히 기운 이유가 따로 있었다 눈 덮인 달밤에 둑길도 잠 안 자고 몸 뒤척거리는 이유가 따로 있었다 한밤중 침을 꿀꺽 삼키며 모로 눕던 게 다 이유가 있었다

속 깊이 감춰둔 물살을 들여다보라

# 이슬의 묘비명

이슬들은 어디서 죽을까
죽어서 어디에 묻힐까

지상 어디에도 비석을 세우지 않는다
저 이슬들은

일생 용쓰며 살다가 마지막 내지른
단 한마디

툭!

이 외마디 소리를 비석으로 세운다

# 분홍의 속도

팔도 없이
다리도 없이
흙바닥을 뒹굴며 뽕짝을 틀어 놓은 저 맹인을

메꽃이 따라간다
연분홍으로 연분홍으로 따라간다

하루 한 뼘씩 서두르면서

조금만 더!
조금만 더!

# 하얀 생화

수서역에서 대전역까지 한 시간
옆자리 검은 상복의 소녀가 꼭 쥐고 있는
하얀 생화 한 송이
눈을 지그시 감은 채

생면부지 이별 옆에 두고 내린
한 시간 내내 말하지 않은 말

어디까지 갔을까

한 시간 내내
눈송이같이 하얀

말하지 않은 말

생화 향
한 송이

# 푸른 바위

바위 혼자 익는 저녁 옆에
바위로부터 슬며시
뺨을 얻어
등을 얻어
마음 개 놓고 고쳐 앉는다
바위의 일원으로

귀는 물소리에게 떼주고
눈은 구름에게 떼주고

내가 바위로 익어
바위가 나로 익어

아무도 모르는 저녁이 왔다

# 밤 문상聞喪

한 시인이 죽었다
그가 밀고 다닌 시간의 대부분은 검은 밤이었다
널찍했다
나도 몇 번 가본 적 있다
누구도 눈보라가 되지 않으면 출입이 금지되어 있으므로
입구와 출구가 없다
몇 번 임대료 체불로 경매에 넘어갈 위기도 있었다
우리가 살아보고 싶었던 그의 밤은 나대지가 되었다
그곳에서 사람들은 눈보라가 되어 문상을 하고
서로를 파묻을 것이다

# 팔을 위한 소나타

피아노야
피아노야

너는 아직도
소나타 형식의 내 하얀 밤을 소장하고 있는가

내 팔 빌려다 휘둘러댄 허공도 소장하고 있는가

어서 연주하라

시 몇 줄 끼적거리다 밀쳐 둔
프라하 구시가지 저녁 하늘
쫙 찢어 꼬깃꼬깃 구겨 넣고 다닌

3악장 분산화음 같은 내 팔을

# 흰 구름

한 노인이 한 노인을 부축하고 간다

천천히 천천히 휘돌아 흐르는 물굽이처럼
서로 파묻으면서
서로 뒤집으면서

말러 교향곡 9번 끝악장같은

# 봄 마중

너 온다고

둑길 부축받으며 물살 만들어 비틀비틀 마중 나가는 강을
보아라
달그락 달그락 길바닥 끌고 가는 지팡이 보아라

너 온다고

온몸에 꿩 우는 소리 울긋불긋 새긴 윤사월을 보아라
하늘 들끓는 처마를 보아라

너 온다고

# 수련이 피는 법

빈 집에 도착하니
돌확의 수련이 화사하구나
돌이 돌을 다 써서 피웠구나
어떤 이의 낮과 밤이 흔들리던 집에서
돌이 돌을 달래려고
몸에 음푹하게 허공을 안치자
꽃이 왔다 간다
두 손이 감싸쥔 촛불처럼

# 꽃 안경

책을 읽기 위해
안경 쓰듯
꽃을 써라
네가 보인다
너의 어디쯤에서 봄은 올까
신문을 보려고
안경 쓰듯
꽃을 써라
네가 화창했던 날이 보인다
너를 읽으려고
꽃들은 돗수를 높인다
세계는 침침하고
너의 어디쯤에서 봄이 시작하는지
안경 쓰듯
꽃을 쓰고 보라
인간이 못 본 것들을
꽃은 본다

# 시의 기척

한밤중 기척
문 열면 없고
분명 무슨 소린가 나긴 했는데
나가 보면 없고
나가 보면 없고
두드리고 또 두드리겠지
내 안에 내가 없어도
열려 있어도
두드리겠지
두드리겠지
모든 길은 기척으로 시작한다고
기척이 곧 길이라고
방향이라고
내 안을 잠재우려던
그 떨림으로
그 외로움으로
나를 두드리고 또 두드리겠지

# 헌 빗자루

시간 구불구불 몰고 찾아간 곳은 청암사 수도암
대적전 모퉁이 초겨울 햇볕 쓸어 모으고
쪼그려 앉아 쬐고 있는
헌 빗자루

해발 천 미터 높이에 사는
눈과 얼음만 독대하신다는 저 대적$_{大寂}$을

혼자 보살폈구나

헌 빗자루야
단청 벗겨지도록 보살핀
저 낡고 헐벗은 추위

그 곁에
고철 덩어리 시간 주차 시키며
바퀴 몰고 다닌 속도 수구려 놓으며

나는 내게서 내려 먼 나를 바라본다
내가 잘 보이는 여기서

# 성냥개비

어디서 봤더라
얼굴은 낯익은데
이름이 통 기억나지 않는 그
너무 처박아뒀었나
수북한 어제 뒤적거리다
쌓아둔 이별 들쑤시다
에라, 못찾겠다 돌아앉은
목화솜 같은 마음

팍!

성냥개비 그어 불붙이려는 순간
번쩍 떠오르는 그

오, 자네였구나

4부

# 무인도

먼 망망대해를 거적때기처럼 걸치고
평생 두문불출하던 한 사람이 죽었다는 소식
자식들 한 번 찾아오지 않는
전화번호 꼭 껴안은 채
식음 전폐한 지 사흘 만이었다는 소식

그 소식 겉봉 뜯고 들어가 보니
파도 소리 혼자
빈소를 지키고 있다

# 산 꽃들


저 산이
저 산이
진달래 산수유 산벚꽃 한꺼번에 터트린 거 보면

달려가 안아주고 싶어

감추다
감추다
터져 나온 엄마 통곡을

# 흰 붓
— 석헌石軒*에게


계룡산 문필봉이 건너다뵈는 서실에 마른 하늘이 쌓였다
뜰 한구석에 칠십년대 햇볕도 쌓였다
앙상한 겨울나무 붓처럼 움켜쥐고
평생 한 가마 넘는 먹을 갈아 없앤 손목은
이제 비좁은 단풍길하고만 벗한다
바람하고만 벗한다
누런 미성지 열고 먹이 마중 나와 있다
"내 글씨, 그 놈들 평생 붓의 헛바닥만 닦느라 고생한 자식
들 아니겠소"
글씨 몽땅 탕진한 붓
하얗게 센 붓
외기러기 울음 낙관으로 찍힌
뭉게구름체 한 폭 소장하고 싶다


_____

* 전각 서예가 임재우 선생의 호.

# 눈 마중

너무 초조해하지 마라
이제 서로 달력이 되어보자
허허벌판이 되어보자
우린 물소리의 일가
언덕의 친척
막차가 끊기자 지붕이 둥글다
사람이 사람에게 어떻게 도착하는지
헛기침 혼자 나와 계시다

# 백비白碑 앞에서

죽은 이 앞에 놓인 돌에게 물었다

돌아,
글자도 없이 너는 무엇으로 견디는 거니?

망각이지

돌이 마음 상하지 않을 만큼의
돌의 뜻에 누 끼치지 않을 만큼의

돌만 남기고

돌이 돌을 죽였다

# 겨울 정원에서

십이월이다

밧줄에 꽁꽁 묶여 실려 온 큰 바위덩어리를 정원에 내려놓고 물로 싹싹 닦아주며 타일렀다 "여기선 네가 나여도 좋고, 아니어도 좋다. 다만 내 손목으로부터 벗어나라" 그러자 십이월의 한쪽이 화사하게 피었다 사실 바위는 여기 오기 전부터 나무와 꽃과 의자와 새소리의 텃세에 어떻게 감정의 모양을 고쳐가야 할지 걱정이 컸다. 겨울의 옆구리를 슬슬 건드려 보기도 하고 달래보기도 했다 비탈진 돌 투성이 뿐인 밤을 바위는 어떻게 읽었을까 그때마다 바위는 다른 호흡을 가진 밤에게 최대한 예의를 갖춰 자세를 맞추어 갔다 손목은 인식이며 감각이었다 사람 만지던 밤 읽으며 바위가 자신의 매무새를 고쳐나가자 바위에게 조금씩 뼈가 만져졌다 밤의 페이지마다 침을 묻혀가며 끙끙 사람 앓는 소리를 내는 뼈! 그러나 십이월의 한쪽만 가지고는 사람 손목을 가르치는 일이 얼마나 힘든 일인지! 그럴 땐 바위 데리고 십이월을 열고 들어와 "어떤 힘이 우리를 여기까지 굴려 온 걸까" "나를 납득할 수 없다며 툴툴거리던 가을은 지금 어디쯤 끌려가고 있을까" 바닥에 뛰어내린 질문들을 한 곳에 쓸어 모았다

오늘은 십이월의 한쪽을 달력 밖으로 끌어내서 얼지 않게
꽁꽁 싸매둬야 하겠다

## 시서루詩棲樓

시의 몸 구부렸다 펴보라
덜컥 골목이 나온다

시골 버스 정류장의 늙은 부부가 서로 곁을 만들며 들어앉
은 저녁같이
물 위에 수련 두어 송이 띄우자 빙그레 웃으시는 항아리
둘레같이
하늘을 들고 종일 벌서는 창문같이
내가 둥둥 떠 있는 오늘같이

늘 닫혀 있다

시야, 마룻바닥 안에 계시냐

# 민들레 걸음

이제 막 발걸음 떼기 시작한 아이에게
민들레 꽃 한 송이 쥐어줬더니
민들레, 지 마음까지 바래다주겠다고
어서 가자고
잡아끄네
부축하네

민들레 손
민들레 멱살
꼭 쥐고
아이가 간신히 몇 걸음 떼자
여기까지가 민들레라고
너까지는 혼자 가야 한다고

길을 가져가네

# 먼 불빛

캄캄한 밤

혼자 내동댕이쳐진 핏덩이 같은

일곱 살의 사랑 길 잃을까
환하게 켜 놓은 가을 같은

사람 과음하고 비틀거리는 발소리 같은

불면이 끼적거린 시 같은

나의 너 같은
너의 나 같은

먼 불빛

# 밤의 출토

수천 년 지나 누군가
내가 평생 모시고 산 캄캄한 밤을 출토한 뒤
깨끗이 닦아 어둠침침한 책상 위에 올려놓고
잠 못 이룰 이 있다면
덜컥 안아 줄 이 있다면

아, 내 불면과 서늘한 격절隔絶을
상하지 않게 일으켜 세울
두 팔 만날 수만 있다면
만날 수만 있다면…

그때는 팔아
찔레꽃 울먹울먹 핀 길목에게
아무것도 묻지 마라

시 다칠라

# 처서 근처

팔월의 텃밭에 골을 켜고 배추씨 놓던 손목을 빌려
시를 쓰다

시 묻은 손목 물에 씻어
토닥토닥 하늘에 걸어 두다

오래된 소학小學같이 겉장이 너덜거리는 가을비가
마음 꿔달라고 들르다

오늘은 하품을 새 식구로 들이다

시에 돌을 얹어 놓다

# 우리는 서로

같은 밤을 쓰고도
같은 사랑을 사용하고도

우리는 서로
이백억 광년이나 떨어진

먼 별

너를 떠난 적도 너에게 도착한 적도 없다

# 하품과 시

몸은 나를
나는 몸을

너무 과용했다

관절들 함부로 부려먹고…
생각 시끌벅적 드나들고…

눈비 맞은 세계가 크고 무거워
여기까지밖에 못 왔다

몸이 하품하는 것이나
내가 시를 숨 쉬는 것이나

세계를 잠시 내려놓는 일이리라
세계와 떨어져 바라보는 일이리라

# 허허벌판

방금 대전역 출발했어
서울역 몇 시 도착야?
한 시간 후에

(…)

지금 어디쯤야?
모르겠어 여기가 너의 어디쯤인지

내게서 너까지
거치지 않아도 될 역들은 용서하면서

타는 역과 내리는 역을 까치발로 세워두었다

역과 역 사이 눈 맞은 허허벌판에 마음 뜨겁게 지져보라고
하늘 녹아내린 지평선 접었다 펴보라고

역이 뜨거워질 거라고
역을 울릴 수 있다고

# 팔

정부청사 앞
목이 쉰 현수막들 치켜들고 섰느라
고생하는 나무들
추운 팔들

삶은
허공에 팔을 뻗어보는 일이라고
허공을 팔의 언어로 휘저어보는 일이라고

그러나 팔아,
네 팔로는 세상이 꿈쩍도 않는구나

어쩌냐
지상의 언어로 시를 쓰는 내 팔도 허공만 찢어발길 뿐
탕진할 뿐

해 기울고
땅거미가 내미는 팔 없는 팔에 끌려오면서
나는 팔로 외쳤다

저 팔들이 세상의 부모이고
자식이라고

# 유리병 편지

누구는 삶을 고래처럼 살았다지만
나는 유리병 편지처럼 부유浮遊했다

# 동파凍破의 시

장석원(시인, 광운대 교수)

    청빈한 언어를 읽는다. 언어의 주인은 마음이다. 마음이 사는 "몸은 이미 헌 집"이다. 언어의 몸을 어루만진다. '나' 는 "길 걸어 잠그고 / 나를 내 안에서 피우려 한다 / 얼음장 밑 물살처럼"(「물살」). 마음의 유로流路를 응시한다. 뼈 속의 피 같은 물살의 소리를 듣는다. 귀는 동결 파쇄했다. 청빙廳氷. 얼음 아래 꿈틀거리는 힘이 있다. 비릿한 울음이 차오른 다. "엄마가 자신의 몸에서 / 엄마를 다 꺼내 써버린 것"(「매 미 껍질」)이라고 비탄하는 시인이 있다. "아이가 눈물범벅으 로 막무가내 돌아보던 뒤는 누가 거두어 갔을까"(「가을 수묵」) 라고 회억하는 아들이 있다. 오래 전 일이었다. 그날의 '엄마 와 나'는 존재하지 않는다. 기억으로 그려낸 '수묵화'를 보고 있다. 뿌리와 열매인 엄마와 아들이, 처음과 끝인 모자母子가 살고 있는 「서향집」 안으로 들어간다. 키우던 소를 "읍내 장에 내다" 팔았던 적이 있었다. "소 장수 손에 끌려가던 소가 / 뒤돌아 허공에 큰 울음 띄"웠다. 소가 살던 외양간 너머에 지금도 "저녁 해만 한 소 울음이 떠 있"다. 팔려간 소는 죽었을 것이고, 완전히 해체되어 사람들의 식량이 되었을 것이고, 그 소는 돈으로 돌아와 한 가족을 먹여 살렸을 것이다. 시인은 '서향집'에 감춰진 서사를 한 문장으로 응축하여 "그런 집을 나는 살았다"고 발화한다. 무의식이 가둬버린, 몸에 내장된, 먼 과거의 사건이 드러난다. '나는 그런 집에 살았다'가 아니라 '나는 그런 집을 살았다.' 삶을 산 것이 아니라 집을 살았다. 공간이 집 안에 살았던 주체의 삶을 대체한다. 목적어와 서술어의 호응을 깨트릴 수밖에 없는 이유이다. 시인의 마음에 잠재한 설움과 울음과 그리움이 노래처럼 터져 나온다.

매장된 마음을 발굴한다. "오! 마음아, 여기들 모여 살고 있었구나"(「봄의 사투리」). 발견의 감탄이 파열한다. 「월하정인月下情人」에서 "달빛이 너무 밝아" "감출 데가 없"는 "마음 한 송이"의 개화를 목격한다. 피어난 심화心花의 그림자가 품은, 마음의 그림에 담긴 이별 장면. "창밖엔 눈이 내렸고 띄엄띄엄 이별이 지나간다"(「하얀 시」). 그리운 사람들, '나'와 헤어진 사람들, "퍼내도 퍼내도 고이는 얼굴들"(「진눈깨비의 집」)이 눈보라처럼 몰려온다. 무슨 이유로, 어떻게 '나'는 그들과 헤어

져야 했는가. 사랑에 실패한 '나'에게 시는 구도의 방법일까, 수행 정진의 실천일까. 구원은 없었다. "반쯤 사라진 시절"의 "밤을 // 덜컹덜컹 기차가 통과"한다. "죽은 척 살아 있던 내가 만져지는" 이물감 속으로 "허공"에 "팔다리를 걸어두고 간 사람"(「겨울 삼탄역」)이 돌아온다. "진달래 산수유 산벚꽃 한꺼번에 터트린" 울음처럼, "감추다 / 감추다 / 터져 나온 엄마 통곡"(「산 꽃들」)처럼 강렬한 그리움을 꿰뚫는 "강이 얼어 터지는 소리" 생생하다. "강이 밤을 들이받"는다. 시인은 "외롭다는 뜻"과 "그립다는 뜻"(「언 강을 마주하고」)이라고 사건의 의미를 일갈한다. 빙결한 강 너머로 "서로 파묻으면서 / 서로 뒤집으면서" 「흰 구름」이 지나간다. 무성無聲/茂盛의 울음소리 쨍쨍하다.

세상 울음 죄다 끌어다 몸을 만들었지요 대성통곡이 얼마나 너른 공터인지 얼마나 짙은 멀미인지 두 팔로 껴안아 봅니다 자, 둥구나무를 틀어보세요 그래야 스무 살이, 서쪽이, 빈혈이 왜 하필 여기 놓였어야 했는지 이해가 될 거예요 / 나를 꼭 안았다 놓는군요

— 「둥구나무 울음」 부분

울음으로 만든 몸이, 울어도 울어도 사라지지 않는 그리움이 있다. 통곡으로 채울 수밖에 없는 상실한 사랑도 있다. 어떤 슬픔과 아픔과 외로움이, 어떤 사랑이, 이 깊고 깊은 포옹을 열어놓을 수 있단 말인가. 안으로 빨아들여 읽는 자

를 녹여버리는 시. 한없는 그리움의 곡성哭聲으로 독자를 단
박에 포박하는 작품. 사랑했던 사람, 당신의 따스한 품을 잃
어버린 후 '나'의 마음은 울음 들어찬 '공터'가 되었다. 당신
이 그립다. "당신의 손길 / 당신의 키스 / 당신의 따스한 포
옹 / 당신에게 돌아가는 길을 찾았"는데 지금 당신은 내 곁
에 없는데, '나' 없는 그곳에서 "만약 당신이 나를 기다린다
면"(Tracy Chapman, 「The Promise」) '나'는 달려갈 수 있는데, '나'
는 아직 살아 있어서 그곳에 갈 수 없고……「둥구나무 울
음」에 포만한 울음이 그림자처럼 들러붙은 이별을 박리한
다. 정동의 극단에서 시인의 노래가 들려온다.


　　　너 온다고


　　　둑길 부축 받으며 물살 만들어 비틀비틀 마중 나가는 강
　　을 보아라
　　　달그락 달그락 길바닥 끌고 가는 지팡이 보아라


　　　너 온다고


　　　온몸에 꿩 우는 소리 울긋불긋 새긴 윤사월을 보아라
　　　하늘 들끓는 처마를 보아라


　　　너 온다고

　　　　　　　　　　　　　　　　　　　　―「봄 마중」 전문

극한을 넘어 구극에 이르러 스스로 구원을 실현하는 시 속에 열광과 광휘의 포화 가득하다. 들끓는 사랑의 환희 그득하다. 이것은 염송이 아니다. 깨달음을 향한 게송도 아니다. 이것은 사랑의 승리를 갈구하는 열렬한 송가頌歌이다. 또한 떠나간 당신과 실패한 사랑을 기억하기 위한, 이별 후의 처참함을 박제하는, 처절한 부정의 비가이다. 이별이 가져온 고한苦恨과 열락의 파열하는 전율을 유일무이한 '이미지—사건'으로 표현한 예를 우리는 잘 알고 있다. "보드랍은 그립은 어떤 목숨의 / 조그마한 푸릇한 그무러진 영靈 / 어우러져 빗기는 살의 아우성…… // (……) / 유령幽靈 실은 널뛰는 뱃간에 냄새. / (……) / 늦은 봄의 하늘을 떠도는 냄새."(김소월, 「여자의 냄새」) 작열하는 착란이어도 좋다. 날숨 불어 허공에 그려낸 신기루여도 좋다. 꿩 우는 소리 새겨 울긋불긋해진 육체가 사랑의 절정에서 불꽃을 휘감은 에로스의 생생함을 현현한다. 사랑의 극점에서 한 덩어리가 된 연인이 내뿜는 열기 뜨겁다. 사랑의 패퇴와 승리를 분간할 수 없다. 잊었던 사랑의 본질을 "보아라"라고, 다시 사랑하라고, 화자가 청자에게 명령한다. 지금 '너'가 오고 있기에 '나'는 "부축 받으며" "비틀비틀 마중 나가"야 한다, "달그락 달그락 길바닥 끌고 가는 지팡이" 짚고서라도 '너'에게 가야 한다. "나의 너 같은 / 너의 나 같은 // 먼 불빛"(「먼 불빛」)이 어른거린다. '나'는 "너를 떠난 적도 너에게 도착한 적도 없다"(「우리는 서로」). '나'는 과거의 '나'를, 홀로의 '나'를, '나'의 시를 잊은 적이 없다, 잃어버린 적도 없다.

*

세상을 사건과 과정의 총체라고 생각하는 것이
세상을 가장 잘 포착하고 이해하고 설명할 수 있는 방법이다.
세상은 사물들이 아닌 사건들의 총체이다.
— 카를로 로벨리

이별을 기억하고 기록하는 일의 고통을 시인만큼 많이 경험하는 사람이 있을까. 앞을 내다볼 수 없는 상실의 아픔이 '나'를 한계에 가둔다. 돌파할 수 있는 가능성의 보이지 않는 상상의 선이 '나'를 다른 세계로 데려갈 수 있을까. 된다면, 시의 무엇이 우리를 이별의 감옥에서 빠져나가게 할까. 파스칼 끼냐르는 가공의 선 위에서 언어학적인 인간의 영혼이 자신의 출발을 기록한다고 말했다. 우리는 상상력의 흐름을 아직 결정화되지 않은 가능성의 선으로, 인간의 영혼이 언어학적인 기록으로 표현된다는 말을 발화자의 고유한 시적 언술로 이해한다. 상상력의 (탈주)선과 언어학적 기록의 융합. 이것을 나는 이미지의 실체라고 여긴다. 언어를 얻는 것은 육체를 얻는 것. 언어가 생겨나는 육체의 틈. 육체가 피어나는 틈은 벌어진 허공. 이곳은 "꽃이 오고 가을이 다녀가는 세계"(시인의 말)의 『서향집』이 될 것이고, 요확寥廓의 열린 균열에서 '너'가 나타날 것이고, 그때, '나'는 찢어질 것이고,

고통의 비명과 쾌락의 신음이 동시에 입술 사이에서 흘러나올 것이고, 터진 육체에 거주하는 것들 날름거리고, 혀가 시를 피워내고, 그 사이로 숨이 오가고, 빨아들임과 내뱉음, 시는 오로지 파롤 파롤(parole), 언어가 '너'와 '나'를 이어주고, 입맞춤…… 그리고 맞붙었던 두 입술이 떨어질 때, 사랑이 발화發花한다. 이미지의 활상滑翔이 시작된다. 사건이 발발한다. 이것이 시를 이룬다. "어떤 한 사람에게 다다르는 느리고 더딘 먼 길이 바위에서 두런두런 흘러나와 다시 바위로 되돌아가는 저 뒷짐을" 보고, "가을 밀고 가는 쇠기러기 울음을"(「가을을 밀고 가는 울음」) 듣는다. 길이 바위에서 흘러나왔다가 되돌아간다. 쇠기러기가 울면서 날아온다. 쇠기러기 울음소리가 가을을 밀고 온다. 다가오는 쇠기러기 울음소리와 가을의 도래로 집약되는 사건이 이미지로 연쇄된다. "하얗게 센 붓"이 "외기러기 울음 낙관으로 찍힌 / 뭉게구름 한 폭"이 「흰 붓」에서 펼쳐진다. 「이슬의 묘비명」에서 "일생 용쓰며 살다가 마지막 내지른" 이슬의 "외마디 소리"가 "비석을 세우"는데, 그 소리, "툭!"이다. 청각 이미지가 시의 사건이 된다. 시를 이루는 물상이 아니라 그것의 이미지가 시의 중핵을 구축構築한다. "어디서 봤더라 / 얼굴은 낯익은데 / 이름이 통 기억나지 않는 그"를 보고 "쌓아둔 이별 들쑤시다 / 에라, 못찾겠다 돌아앉은" 순간, "성냥개비 그어 불붙이려는 순간 / 번쩍 떠오르는" 사람. "오, 자네였구나". 탄복이 찾아온다. "팍!"(「성냥개비」) 시인의 얼굴이 번개처럼 금 간다. 소리가 기억의 발화점發火點으로 작동한다. 소리가 사건을 생성한다. 소리의 이미지가 시를 할복한다.

새벽녘

밤늦도록 시 생각하던 머리맡으로
오동꽃 진다

툭!

오동이 밤늦도록 깎고 문질러 다듬었을
저 산조

툭!

둘레가 하얗게 헐어 있다

—「헌 거적대기」 부분

마음이 이 그림 속 서사의 주인공이다. 자연과 사물과 마음이 하나이다. '만물조응'(「Correspondance」, Charle Baudelaire)을 창조해낸 시인. 시를 쓰는 마음과 그 마음이 빚어낸 시가 한 몸이 되는 경지가 열린다. 장인匠人 오동梧桐이 공교工巧한 솜씨로 탄주하는 "저 산조"가 들려온다. 오동의 비명 같은 외마디 음악 "툭!"이 온몸을 채운다. 청각 이미지로 표현된 주체의 변양 상태. '나'의 "둘레가 허옇게 헐어 있다". 진실한 마음의 언어에 도달할 수 있는 유일한 방법, 이미지의 마법. 이미지가 사건—툭!—이다. "생고기의 바다의 냄새"(김소월, 「여자의 냄새」)가 뿜어내는 이미지의 폭죽처럼 호활豪活한 시이다. 펄떡거리는 생고기 같은 이미지의 도약이 찬란하다.

> 오늘도 혼자 어슬렁거리다
> 동네 슈퍼 앞
> 늦가을 비 맞은 감나무 만나 함께 걷다가
> 우수수 잎 지는 소리도 만나 같이 한잔하는데
> 오토바이 한 대가 길바닥 돌돌 말아 싣고 쏜살같이 사라
> 진다
>
> 몸이 길이라고
> 여기부턴 나 혼자 간다고
>
> 마루 끝
> 누워 계신 흰 낮잠
>
> —「흰 고무신」 부분

동네를 산책하다가 만난 대상들. "늦가을 비 맞은 감나무" 아래에서 "우수수 잎 지는 소리"를 듣는다. 한잔하고 싶은 마음을 데리고 천천히 움직인다. "오토바이 한 대"가 모터소리를 투척하고 지나간다. 회전하는 오토바이 바퀴에 길이 말려든다. "돌돌 말아"서는 빠르게 저편으로 빠져나가는 모터사이클. 언표되지 않았지만 시 속에 소리가 득시글거린

다. 함묵에 우겨넣은 사물의 소리. 멀어지면서 길을 뜯어가는 오토바이. 산책길에 목격한 사건이 시청각 이미지로 표현되었다. '나'는 소실점으로 끌려든 시의 사건 이후에 "몸이 길이라고" 생각한다, "혼자 간다"고 선언한다. 이미지가 휘발하는 사건의 순간을 명징하게 드러낸다. 사라지는 것들에 대한 조사弔詞라고 생각해도 틀리지 않을 것이다. '나'와 '마음'의 예정된 소멸에 대한 별사別辭를 낭송한다. 이미지가 사변처럼 닥쳐온다. "마루 끝"에 "흰 낮잠"이 누워 있다. 유체가 이탈한다. 대청 끝에 누워 낮잠에 빠져든 '나'를 쳐다본다. 몸이 "흰 고무신"처럼 선명하게 놓여 있다. 그곳에 '나'는 없다. '나'의 시도 그곳을 떠나 혼자 길을 가고 있다. 이관묵의 시집을 응결하는 색, 하양. 이 시집에는 설빙雪氷이 우글거린다. 백색 이미지 찬연하여 우리는 설맹雪盲이 된다.

눈 쌓인 숲길을 걸었네
한 마리 새 발자국을 따라 걸었네
벌판 둘러메고 한없이 혼자 걸어간

흰 발자국

이별의 간격이었네
그 속도였네
한 곳에 이르러 머뭇거리다 사라진
되돌아 나간 흔적 없는

하얀 영혼

어디쯤일까
나를 오래 세워놓은 여기는

—「흰 발자국」 전문

지금 이곳은 여름, 열기의 감옥. 열파 속에서 읽는 겨울의 시. 눈[雪]이 점령한 백색 공간에서 여름의 백백白白한 햇빛 아래로 건너온다. 상상의 선을 타고 움직인다. 바다가 '나'의 몸에 상감象嵌한 흰 발자국. 그 물빛과 하늘빛 사이에 긴 구름. 몰려오는 바람과 파도의 발톱을 바라보면서 떠올린 것은 절망. '나'를 맑게 하는 눈물을 본 듯하다. 이별만큼 쉬운 것이 없다. 이별이 발기발기 찢어버린 '나'의 몸을 망각이 시침질한다. 자유로워지지 않으면 이기지 못하는 것이다. 다시 이별이 온다면? 또 이별이 다가와 내가 버려진다면, 나는 칼로 목을 베겠네, 불로 내 몸의 구멍을 채우겠네. 그 후에 형해를 빻은 가루가 되어 너를 영원한 외로움의 감옥에 처넣을 것이다. 사랑이 진정한 복수이다. 조만간 다른 이별이 찾아올 것이다. '나'는 사랑에 빠지는 '나'를 감당할 수 없기 때문에 '나'의 목을 조를 것이다. 처벌이라는 응대. '나'의 아픔보다 더 큰 아픔을 너에게, '나'의 시에게 줘야 한다. 『서향집』을 읽은 오늘은 어떻게 기록될 것인가. 오늘밤은 '나'를 어떤 곳으로 데려갈 것인가. 밤은 어디로 사라질 것인가. 너(시)는 '나'를 사랑하지 않는데, '나'는 너를 사랑한다고 믿는다. 이것을 사랑의 실패라고 기입한다. 밤이 흔들린다. 밤의 어깨 너머로 네가 나타나면, '나'는 울기 시작할 것이다. 사랑받고 싶은 욕망. 사랑받아서 따뜻해지고 싶은 마음. 그 품에 안겨 잠들고 싶은 마음. 내게 필요한 것은 그 몸이다. '나'를 빚어낸 너의 몸을 확인하고 싶다. 말할 수 없는 것, 기록할 수 없는 것. 사랑의 실패를, 다가오는 이별의 순간을, 준비한다. 시의 끝을 받아들일 수밖에…… 난파선이 되어서라도 나아갈 수밖에…… 사람아, '나'를 잊어라. 긴 시간 상념과 꿈 사이를 오가면서 어둡고 마른 '나'의 "하얀 영혼"을 봐왔다. 곧 부스러질 허수아비 같은 '나'. 오늘도 이별을 준비하는 것인가, 너는.

엄혹한 겨울이 우리를 기다린다. 시인이 "눈 쌓인 숲길을 걸"어간다. "한 마리 새 발자국을 따라"간다. "벌판 둘러메고 한없이 혼자 걸어간 // 흰 발자국"이 보인다. 앞서간 새의 발자국이다. 뒤돌아본 '나'의 발자국이 "이별의 간격"처럼 연속된다. "나는 내게서 내려 먼 나를 바라본다".(「헌 빗자루」) 생은 이별의 연속으로 이어졌다. "그 속도"로 '나'는 매일 이별하며 살아왔다. "한 곳에 이르러 한참을 머뭇거리다 사라진 / 되돌아 나간 흔적 없는" 발자국, 먼저 떠난 후 종적을 감춘 자, 묘연한 설로雪路가 지워버린 존재. 삶이 그러하고, 시의 길이 그러하다. 돌아갈 수 없다. 나를 이곳에 멈추게 한 것은 무엇일까. 『서향집』이 나를 이곳에 박아두었다. '나'는 눈 속에 '나'를 투옥했다. "까마득한 벼랑 끝에 은거하며 / 내려오는 길을 부숴버린"(조정권, 「독락당」) 시인의 의지. 그는 귀환을 차단했다. "이 세상 어떤 길은 스스로를 / 분질러 버린다"(「암벽 경전」). 시인의 '하얀 영혼'(시)을 향한 염결恬潔한 의지가, 그 표상을 응집한 이미지 '흰 발자국'이 청상淸爽한 칼날이 되어 번뜩인다.

"나는 유리병 편지처럼 부유浮遊했"(「유리병 편지」)지만, '나'에게는 "시가 끝이었"(「막힌 길」)지만 이 시집은 결코 마지막이 될 수 없다. 이관묵에게는 "움직이는 비애"(김수영, 「비」)가 꿈틀거린다. 시인의 또 다른 시작을 기다린다. 릴케의 「두이노의 비가」를 헌정한다.

발사의 순간에 온 힘을 모아 자신보다 더 큰 존재가 되기 위해 화살이 시위를 견디듯이. 머무름은 어디에도 없으니까.

시를 떠나지 마소서. '혼자'와도 이제는 이별하지 마소서.

**이관묵**

1947년 충남 공주 출생.
1978년『현대시학』으로 등단.
시집『수몰지구』,『변형의 바람』,『저녁비를 만나거든』,『가랑잎 경』,
『시간의 사육』,『동백에 투숙하다』,『반지하』등.

서정시학 시인선 221
**서향집**
_____

2024년 10월 21일 초판 1쇄 발행

지 은 이 · 이관묵
펴 낸 이 · 최단아
편집교정 · 정우진
펴 낸 곳 · 도서출판 서정시학
인 쇄 소 · ㈜ 상지사
주 소 · 서울시 서초구 서초중앙로 18, 504호 (서초쌍용플래티넘)
전 화 · 02-928-7016
팩 스 · 02-922-7017
이 메 일 · lyricpoetics@gmail.com
출판등록 · 209-91-66271

ISBN  979-11-92580-43-2  03810

계좌번호: 국민 070101-04-072847 최단아(서정시학)
값 13,000원

 * 잘못된 책은 바꾸어 드립니다.

# 서정시학 시인선

001 드므에 담긴 삽  강은교, 최동호
002 문열어라 하늘아  오세영
003 허무집  강은교
004 니르바나의 바다  박희진
005 뱀 잡는 여자  한혜영
006 새로운 취미  김종미
007 그림자들  김 참
008 공장은 안녕하다  표성배
009 어두워질 때까지  한미성
010 눈사람이 눈사람이 되는 동안  이태선
011 차가운 식사  박홍점
012 생일 꽃바구니  휘 민
013 노을이 흐르는 강  조은길
014 소금창고에서 날아가는 노고지리  이건청
015 근황  조항록
016 오늘부터의 숲  노춘기
017 끝이 없는 길  주종환
018 비밀요원  이성렬
019 웃는 나무  신미균
020 그녀들 비탈에 서다  이기와
021 청어의 저녁  김윤식

022 주먹이 운다  박순원
023 홀소리 여행  김길나
024 오래된 책  허현숙
025 별의 방목  한기팔
026 사람과 함께 이 길을 걸었네  이기철
027 모란으로 가는 길  성선경
029 동백, 몸이 열릴 때  장창영
030 불꽃 비단벌레  최동호
031 우리시대 51인의 젊은 시인들 김경주 외 50인
032 문턱  김혜영
033 명자꽃  홍성란
034 아주 잠깐  신덕룡
035 거북이와 산다  오문강
036 올레 끝  나기철
037 흐르는 말  임승빈
038 위대한 표본책  이승주
039 시인들 나라  나태주
040 노랑꼬리 연  황학주
041 메아리 학교  김만수
042 천상의 바람, 지상의 길  이승하
043 구름 사육사  이원도
044 노천 탁자의 기억  신원철
045 칸나의 저녁  손순미
046 악어야 저녁 먹으러 가자  배성희

047 물소리 천사　김성춘

048 물의 낯에 지문을 새기다　박완호

049 그리움 위하여　정삼조

050 샤또마고를 마시는 저녁　황명강

051 물어뜯을 수도 없는 숨소리　황봉구

052 듣고 싶었던 말　안경라

053 진경산수　성선경

054 등불소리　이채강

055 우리시대 젊은 시인들과 김달진문학상　이근화 외

056 햇살 마름질　김선호

057 모래알로 울다　서상만

058 고전적인 저녁　이지담

059 더 없이 평화로운 한때　신승철

060 봉평장날　이영춘

061 하늘사다리　안현심

062 유씨 목공소　권성훈

063 굴참나무 숲에서　이건청

064 마침표의 침묵　김완성

065 그 소식　홍윤숙

066 허공에 줄을 긋다　양균원

067 수지도를 읽다　김용권

068 케냐의 장미　한영수

069 하늘 불탱　최명길

070 파란 돛　장석남 외

071 숟가락 사원　김영식

072 행성의 아이들　김추인

073 낙동강 시집　이달희

074 오후의 지퍼들　배옥주

075 바다빛에 물들기　천향미

076 사랑하는 나그네 당신　한승원

077 나무수도원에서　한광구

078 순비기꽃　한기팔

079 벚나무 아래, 키스자국　조창환

080 사랑의 샘　박송희

081 술병들의 묘지　고명자

082 악, 꽁치 비린내　심성술

083 별박이자나방　문효치

084 부메랑　박태현

085 서울엔 별이 땅에서 뜬다　이대의

086 소리의 그물　박종해

087 바다로 간 진흙소　박호영

088 레이스 짜는 여자　서대선

089 누군가 잡았지 옷깃　김정인

090 선인장 화분 속의 사랑　정주연

091 꽃들의 화장 시간　이기철

092 노래하는 사막　홍은택

093 불의 설법　이승하

094 덤불 설계도　정정례

095 영통의 기쁨  박희진

096 슬픔이 움직인다  강호정

097 자줏빛 얼굴 한 쪽  황명자

098 노자의 무덤을 가다  이영춘

099 나는 말하지 않으리  조동숙

100 닥터 존슨  신원철

101 루루를 위한 세레나데  김용화

102 골목을 나는 나비  박덕규

103 꽃보다 잎으로 남아  이순희

104 천국의 계단  이준관

105 연꽃무덤  안현심

106 종소리 저편  윤석훈

107 청다오 잔교 위  조승래

108 둥근 집  박태현

109 뿌리도 가끔 날고 싶다  박일만

110 돌과 나비  이자규

111 적빈赤貧의 방학  김종호

112 뜨거운 달  차한수

113 나의 해바라기가 가고 싶은 곳  정영선

114 하늘 우체국  김수복

115 저녁의 내부  이서린

116 나무는 숲이 되고 싶다  이향아

117 잎사귀 오도송  최명길

118 이별 연습하는 시간  한승원

119 숲길 지나 가을  임승천

120 제비꽃 꽃잎 속  김명리

121 말의 알  박복조

122 파도가 바다에게  민용태

123 지구의 살점이 보이는 거리  김유섭

124 잃어버린 골목길  김구슬

125 자물통 속의 눈  이지담

126 다트와 주사위  송민규

127 하얀 목소리  한승헌

128 온유  김성춘

129 파랑은 어디서 왔나  성선경

130 곡마단 뒷마당엔 말이 한 마리 있었네  이건청

131 넘나드는 사잇길에서  황봉구

132 이상하고 아름다운  강재남

133 밤하늘이 시를 쓰다  김수복

134 멀고 먼 길  김초혜

135 어제의 나는 내가 아니라고  백 현

136 이 순간을 감싸며  박태현

137 초록방정식  이희섭

138 뿌리에 관한 비망록  손종호

139 물속 도시  손지안

140 외로움이 아깝다  김금분

141 그림자 지우기  김만복

142 The 빨강  배옥주

143 아무것도 아닌, 모든  변희수

144 상강 아침  안현심

145 불빛으로 집을 짓다  전숙경

146 나무 아래 시인  최명길

147 토네이토 딸기  조연향

148 바닷가 오월  정하해

149 파랑을 입다  강지희

150 숨은 벽  방민호

151 관심 밖의 시간  강신형

152 하노이 고양이  유승영

153 산산수수화화초초  이기철

154 닭에게 세 번 절하다  이정희

155 슬픔을 이기는 방법  최해춘

156 플로리안 카페에서 쓴 편지  한이나

157 너무 아픈 것은 나를 외면한다  이상호

158 따뜻한 편지  이영춘

159 기울지 않는 길  장재선

160 동양하숙  신원철

161 나는 구부정한 숫자예요  노승은

162 벽이 내게 등을 내주었다  홍영숙

163 바다, 모른다고 한다  문 영

164 향기로운 네 얼굴  배종환

165 시 속의 애인  금동원

166 고독의 다른 말  홍우식

167 풀잎을 위한 노래  이수산

168 어리신 어머니  나태주

169 돌속의 울음  서영택

170 햇볕 좋다  권이영

171 사랑이 돌아오는 시간  문현미

172 파미르를 베고 누워  김일태

173 사랑허유, 강  김익두

174 있는 듯 없는 듯  박이도

175 너에게 잠을 부어주다  이지담

176 행마법  강세화

177 어느 봄바다 활동성 어류에 대한 보고서  조승래

178 터무니  유안진

179 길 위의 피아노  김성춘

180 이혼을 결심하는 저녁에는  정혜영

181 파도 딿는 아바이  박대성

182 고등어가 있는 풍경  한경용

183 0도의 사랑  김구슬

184 눈물을 조각하여 허공에 걸어 두다  신영조

185 미르테의 꽃, 슈만  이수영

186 망와의 귀면을 쓰고 오는 날들  이영란

187 속삭이는 바나나  지정애

188 더러, 사랑이기 전에  김판용

189 물빛 식탁  한이나

190 두 개의 거울  주한태

191 만나러 가는 길  김초혜

192 분꽃 상처 한 잎  장 욱

196 하얗게 말려 쓰는 슬픔  김선아

197 극락조를 기다리며  허창무

198 늙은 봄날  윤수천

199 뒤뚱거리는 마을  이은봉

200 신의 정원에서  박용재

201 바다로 날아간 나비  이병구

202 절벽 아래 파안대소  이병석

203 숨죽이며 기다리는 결정적 순간  박병원

204 왜왜  김상환

205 사랑의 시차  박일만

206 목숨 건 사랑이 불시착했다  안영희

207 달팽이 향수병  양해연

208 기억은 시리고 더듬거린다  김윤

209 빛으로 남은 줄 알겠지  이인평

210 시간의 길이  유자효

211 속삭임  오탁번

212 느닷없이 애플파이  김정인

213 탕탕  석연경

214 수평선은 물에 젖지 않는다  동시영

215 굿모닝, 삐에로  박종명

216 고요, 신화의 속살 같은  한승원

217 지구가 멈춘 순간  정우진

218 치킨과 악마  김우

219 천 개의 질문  조직형

220 그림 속 나무  김선영